AF346482

Succession de M. COFFINIÈRES DE NORDECK

LIVRES ANCIENS

SUR L'ART ET L'HISTOIRE MILITAIRES

L'Artillerie et la Fortification

OBJETS D'ART

Meubles de salon style Louis XVI, en tapisserie

CABINET EN CERTOSINE

Glaces, Bronzes, Faïences, Curiosités

TABLEAUX ANCIENS ET MODERNES

VENTE

HOTEL DROUOT, SALLE No 8

Le Mardi 10 Mai 1898, à 2 heures

Mᵉ Léon ANDRÉ, COMMISSAIRE-PRISEUR

Rue de La Boëtie, 3

ASSISTÉ DE

Pour les Livres	Pour les Objets d'art
M. Jules MARTIN	**M. B. LASQUIN**
EXPERT	EXPERT
Rue de Savoie, 6	Rue Laffitte, 12

EXPOSITION AVANT LA VENTE

PARIS — 1898

IMPRIMERIE MAULDE ET RENOU

MAULDE, DOUMENC & Cie

IMPRIMEURS DE LA COMPAGNIE DES COMMISSAIRES-PRISEURS

Rue de Rivoli, 144

CONDITIONS DE LA VENTE

———

Elle se fera au comptant.

Les Acquéreurs paieront CINQ POUR CENT en sus des adjudications.

MAULDE, DOUMENC et Cⁱᵉ, imp. de la Compagnie des Commissaires-Priseurs,
rue de Rivoli, 144.   5oo—73964

DÉSIGNATION

—

LIVRES ANCIENS

1 — **Accolti**. Lo inganno de gl' occhi, prospettiva pratica. *Firenze*, 1625, pet. in-fol., d.-rel. *Fig*.

2 — **Aeliani** Opera, græce et latine. *Tiguri*, 1548, in-fol., v. *Armoiries*.

3 — **Becichemi** (Marini) Scodrensis in Plinium prælectio. *Luteciæ*, 1519, pet. in-fol. v. *Titre gravé sur bois*.

4 — **Belidor**. Le Bombardier françois ou Nouvelle méthode pour jetter les bombes avec précision. *Paris*, 1731, in-4, v. *Pl*.

5 — **Bigot de Morogues**. Essay de l'application des forces centrales aux effets de la poudre à canon. *Paris*, 1737, in-8, parch. *Pl. Aux armes de d'Aguesseau*.

6 — **Blondel**. L'Art de jetter les bombes. *La Haye*, 1685, pet. in-8, parch. *Fig*.

7 — **Boillot** (Joseph) Lengrois. Artifices de feu et divers instruments de guerre (en allemand et en françois). *Strasbourg*, 1603, pet. in-fol. d.-rel. *Pl*.

8 — **Bosse** (A.). Traité des pratiques géométrales et perspectives. *Paris,* 1665, in-8, v. *Pl.*

9 — **Buonaiuto Lorini.** Le Fortificationi. *Venetia,* 1609, in-fol. parch. *Figures sur bois. Bel exemplaire.*

10 — **Caus** (Salomon de). Les raisons des forces mouvantes avec diverses machines tant utilles que plaisantes, avec plusieurs desseings de grottes et fontaines. *Francfort,* 1615, in-fol. d.-rel.

Edition rare ornée de 60 planches gravées et de nombreuses figures dans le texte.

11 — **Chasseneux** (Barthélemy de). Catalogus gloriæ mundi, dignitates, laudes et excellentias hominis præcipue mulierum complectens. *Lugduni, de Harsy,* 1529, 12 parties en 1 vol. in-fol. v. *(Manque le titre de la 1re partie).*

11 titres et 12 grandes figures sur bois.

12 — **Chronique** du Roy Loys unziesme avec plusieurs histoires advenues tant es pays de France, Angleterre, que Flandres et Artois, de 1461 à 1483. *Paris,* 1558, in-8, parch.

13 — **Cœlius Rhodiginus.** Antiquæ lectiones. *Parisiis,* 1517, in-fol. parch. *Titre gravé sur bois.*

14 — **Collado** (L.). Platica manual de artilleria, en la qual se tracta de la excelencia de el arte militar, de la invencion de la polvora y artilleria, fuegos artificiales.... *Milan,* 1592, in-fol. parch. *Figures sur bois. Bel exemplaire.*

15 — **Commelyn.** Histoire de la vie et actes mémorables de Frédéric-Henri de Nassau, prince d'Orange. *Amsterdam,* 1656, in fol. v. *Pl.*

16 — **Commentaires** de Me Blaise de Montluc, mareschal de France. *Lyon*, 1593, in-8, parch.

17 — **Daniel.** Histoire de la milice françoise. *Paris*. 1721, 2 vol. in-4, v., tr. dor. *Pl.*

18 — **Dartein.** Traité élémentaire sur les procédés en usage dans les fonderies pour la fabrication des bouches à feu d'artillerie. *Strasbourg*. 1810, in-4, maroq. rouge, fil. dent., tr. dor. *Pl.*

19 — **Davelourt.** L'Arcenal et magazin de l'artillerie. *Paris*, 1610. pet. in-8, parch. *Rare.*

20 — **Davelourt.** Dictionnaire artillier historique. *Paris*, 1623, pet. in-8, parch.

21 — **Deidier.** Le parfait Ingénieur françois ou la fortification offensive et défensive. *Paris*, 1742, in-4. v. *Pl.*

22 — **De La Rue.** Traité de la coupe des pierres. *Paris*, 1764, in-fol., cart., *Pl.*

23 — **Description** des Arts et Métiers, par MM. de l'Académie royale des Sciences. *Paris*, 1773, 43 vol. in-fol. bas. *Pl.*

24 — **Desprez de Saint-Savin.** Nouvelle École militaire ou la fortification moderne. *Paris*, 1735, in-8, obl. v. *Pl.*

25 — **Didaci Castelli** glosa super leges Tauri. *Burgis*, 1527, in-fol., parch.

26 — **Du Fay.** Manière de fortifier selon la méthode de M. de Vauban. *Paris*, 1707. in-12, v. *Pl.*

27 — **Dulacq.** Théorie nouvelle sur le mécanisme de l'artillerie. *Paris*, 1741, in-4, v. *Pl.*

28 — **Du Mont.** Batailles gagnées par le prince Eugène de Savoye sur les ennemis de la Foi et sur ceux de l'Empereur et de l'Empire, dépeintes et gravées en taille-douce par J. Huchtenburg. *La Haye,* 1725, gr. in-fol. cart.

29 — **Dumont.** Recueil de plusieurs parties d'architecture de différents maîtres, tant d'Italie que de France, 1750. In-fol. v.

30 — **Dumortous.** Histoire des conquêtes de Louis XV. *Paris,* 1759, in-fol. v. *Frontispice par Boucher, vignettes par Boquet et belles gravures.*

31 — **Durerus** (Albertus) Pictor hujus œtatis celeberrimus, versus e germanica lingua in latinam, pictoribus, fabris ærariis ac lignariis, lapicidis, statuariis necessarius. Geometria. *Parisiis, ex offic. Christiani Wecheli,* 1535, in-fol. bas. *Fig. sur bois (raccommodages).*

32 — **Eisenberg** (Le Baron d'). L'Art de monter à cheval ou description du manège moderne. *La Haye,* 1740, in-fol. parch. *Planches gravées par B. Picart.*

33 — **Epistole** Thurci per Laudivium hierosolimitanum equitem aggregate. *Impresse Lugduni per Joannem Marion, sumptibus R. Morin,* 1520, pet. in-4, mar. bl., tr. dor.

Volume rare orné de curieuses figures sur bois.

34 — **Errard** (J.), de Bar-le-Duc. La fortification reduicte en art et démonstrée. *Francfort sur-le-Mein,* 1604, pet. in-fol., d.-rel. *Pl.*

35 — **Fasciculus** temporum. *Venetiis, Ratdolt,* 1484, pet. in-fol. goth. parch. *Fig. sur bois (mouillures).*

36 — **Feux d'artifice** (Essai sur les, pour le spectacle
et pour la guerre, par P. d'O... *Paris*, 1745, in-8,
v. *Pl.*

37 — **Folard**. Abrégé des Commentaires sur l'histoire
de Polybe. *Paris*, 1754, 3 vol. in-4, v. *Pl.*, *aux
armes de Condé.*

38 — **Gaguin** (Robert). Compendium super Francorum
gestis. *Parisiis, Kerver,* 1500. pet. in-fol., d.-rel. *Fig.
sur bois.*

39 — **Galasso Alghisi da Carpi.** Delle fortificationi.
Venetia, 1570, in-fol. parch., tr. dor. *Pl.*

>   Bel exemplaire en grand papier.

40 — **Gaya.** Traité des armes, des machines de guerre,
des feux d'artifice, des enseignes et des instruments
militaires. *Paris,* 1678, in-12, mar. bl. *Fig.
(Exemplaire de Yéméniz).*

40 *bis* — Le même ouvrage, 1678, in-12, v. *Pl.*

41 — **Gilles** (Nicole). Les très élégantes et copieuses
Annales des très chrestiens et excellens moderateurs
des belliqueuses Gaules. jusques au règne du roy
François. *Paris,* 1547, 2 tomes en 1 vol. in-fol., v
Fig. sur bois.

42 — **Girolamo.** Tavole brevissime per sapere con pres-
tezza quante file vanno a formare una giustissima
battaglia. *Brescia,* 1563, in-8, parch. *Fig.*

43 — **Godefroy** (Th.). Histoire du chevalier Bayard.
Paris, 1616, in-4, parch.

44 — **Gravelot.** Planches gravées d'après plusieurs po-
sitions dans lesquelles doivent se trouver les soldats,
conformément à l'ordonnance du Roi, de l'exercice

de l'infanterie du 1ᵉʳ janvier 1766. In-4 bas., *Titre
et 12 planches représ. 36 fig.*

45 — **Hanzelet** (LORRAIN). La Pyrotechnie, où sont re-
présentés les plus rares et plus appreuvez secrets
des machines et des feux artificiels. *Au Pont-à-
Mousson, par G. Bernard,* 1630, petit in-4, v. *132
fig. sur cuivre.*

46 — **Hardouin de Perefixe.** Histoire du Roy Henry
le Grand. *Amsterdam,* 1661, in-12, parch.

47 — **Hay du Chastelet.** Histoire de Bertrand du
Guesclin. *Paris,* 1666, in-fol, v.

48 — **Isacchi da Reggio.** Inventioni nelle quali si
manifestano varii secreti a persone di guerra. *Parma,*
1579, pt. in-4. *Fig. sur bois.*

49 — **Jombert.** Méthode pour apprendre le dessein.
Paris, 1755, in-4, d.-rel. *100 pl. par Cochin.*

50 — **Jubé** (Le général A.). Le Temple de la Gloire ou
les fastes militaires de la France depuis Louis XIV.
Paris, 1819, 2 vol. in-fol., cart. *Pl.*

51 — **Kaden.** Das Schweizerland. *Stuttgart, Engelhorn,*
s. d., in-fol, d.-rel., tr. dor. *Fig.*

52 — **La Porterie.** Institutions militaires pour la cava-
lerie et les dragons. *Paris,* 1754, in-8, v. *Pl.*

53 — **Le Blond.** Traité de l'artillerie, ou des armes et
machines en usage à la guerre. *Paris,* 1743, in-8, v.
Pl.

54 — **Lemau de La Jaisse.** Plans des principales places
de guerre et villes maritimes de France. *Paris,* 1736,
in-12, v. *Pl.*

55 — **Limiers** (De). Annales de la Monarchie Françoise

avec la vie et les actions les plus remarquables de ses rois, princes et généraux d'armée. *Amsterdam*, 1724, in-fol, v. *Pl.*

56 — **Lipsius** (Justus). De militia romana. — Poliorceticon. *Antverpiæ*, 1602, in-4, parch. *Pl.*

57 — **Lostelneau.** Le Mareschal de bataille, nécessaire à tous ceux qui font profession de porter les armes, cont. le maniement des armes. *Paris*, 1647, in-fol, v.

Contenant 47 belles planches de soldats dans chaque position pour le maniement du mousquet et de la pique.

58 — **Machiavelli.** Libro dell'arte della guerre. *Venetia*, 1541, pet. in-8, parch.

59 — **Maggi et Castriotto.** Della fortificatione della citta. *Venetia*, 1583, in-fol, parch. *Nombr. gravures sur bois. Bel exemplaire.*

60 — **Malthe** (Fr. de). Traité des Feux artificiels pour la guerre et pour la récréation, par F.-D. M. *Paris*, 1629, in-8, d.-rel mar. *Fig.*

60 *bis* — Le même ouvrage. *Paris*, 1632, in-8, parch. *Fig.*

61 — **Malthus.** Pratique de la guerre, cont. l'usage de l'artillerie, bombes et mortiers, feux artificiels et petards, et un traité des feux de joye. *Paris*, 1681, in-8, mar. br., tr. dor. *Pl.*

62 — **Manacci.** Compendio d'instruttioni per gli bombardieri. *Parma*, 1640, pet. in-4, cart.

63 — **Manesson-Mallet.** Les travaux de Mars, ou l'art de la guerre. *Paris*, 1685, 3 vol., in-8, v. *400 pl. représentant des plans et vues de villes.*

64 — **Marolois** (Samuel). Œuvres mathématicques

traictans de géométrie, perspective, architecture et fortification. *La Haye*, 1614, in-fol obl., parch. *Pl.*

65 — **Marsigli** (Le Comte de). L'État militaire de l'empire Ottoman. *La Haye*, 1732, in-fol, v. *Pl.*

66 — **Martena**. Flagello militare in quattro parti. La prima tratta de trabucchi. La 2ᵃ de petardi. La 3ᵃ de burlotti et fuochi artificiali.... *Napoli*, 1691, pet. in-4, parch. *Pl.*

67 — **Mémoires** pour l'attaque et pour la deffence d'une place. In-4, v.

    Manuscrit du commencement du xviiiᵉ siècle, orné de nombreux dessins habilement exécutés à la plume et au lavis.

68 — **Melzo** (Lod.). Regole militari sopra il governo e servitio particolare della cavalleria. *Anversa*, 1611, in-fol. parch. *Grandes planches gravées sur cuivre, Bel exemplaire.*

69 — **Monet**. Anthologie françoise ou chansons choisies depuis le xiiiᵉ siècle. *Paris*, 1765, 4 vol. in-8, v. *Fig. de Gravelot.*

70 — **Monge**. Description de l'art de fabriquer les canons. *Paris*, 1794, in-4, d.-rel. *Pl.*

71 — **Montalembert** (Le Marquis de). Mémoire historique sur la fonte des canons de fer. *Paris*, 1758, in-4, v. *Carte.*

72 — **Noseret**. Colleccion de las principales suertes de una corrida de toros. (Vers 1800.) In-4, obl. d.-rel. *12 pl.*

73 — **Olao Magno**. Historia delle genti et della natura delle cose settentrionali. *Vinegia*, 1565, in-fol. parch. *Nombr. fig sur bois.*

74 — **Perrault**. Courses de testes et de bagues faittes

par le Roy et par les Princes et Seigneurs de sa cour
en l'année 1662. *Paris, Imprimerie royale*, 1670,
in-fol. d.-rel. *Pl.*

Bel exemplaire.

75 — **Petri Venerabilis,** Cluniacensis Abbatis opera.
Parisiis, Hichmann, 1522, pet. in-fol. v.

76 — **Pintianus.** Observationes in loca obscura historiæ
naturalis Plinii. *Impressæ in urbe Salmantica, in
offic. J. Giuntœ*, 1544, pet. in-fol. parch. *Titre gravé
sur bois.*

77 — **Pluvinel** (Anth. de). L'Instruction du Roy en
l'exercice de monter à cheval. *Paris, Ruette*, 1629,
in-fol. parch. *Planches par Crispin de Pas. (Quel-
ques mouillures et racommodages.)*

78 — **Pol** (G.-Marie de). L'Art militaire parfaict de
France, comprenant l'entreprise des guerres, levée
des armées, exercices, maniement des armes, fortification des places. *Paris*, 1648, in-fol. parch.

79 — **Porregno.** Dichos, i hechos del Rei D. Phe-
lippe II. *Sevilla*, 1639, in-8, parch.

80 — **Psalmi** Davidici ad hebraicam veritatem casti-
gati per Thomam de Vio Caietanum. *Parisiis*, 1532,
in-fol. bas. *Titre gravé sur bois.*

81 — **Puységur** (Le Maréchal de). Art de la guerre.
Paris, 1749, 2 vol. in-4, v. *Pl.*

82 — **Raffet.** Vie de Napoléon Ier, 1826. 24 lithogra-
phies en 1 vol. in-4, obl. d.-rel.

83 — **Ramelli.** Le diverse et artificiose machine (Des
artificieuses machines), en italien et en françois.
Paris, 1588, in-fol. peau de truie gauf. *195 planches
gravées sur cuivre.*

84 — **Raulin.** Opus sermonum de adventu. *Parisiis,*
1518, in-8, bas.

85 — **Recueil** de plusieurs desseins de fortifications et
de machines pour tracer toutes sortes de forteresses
avec leurs parties tant extérieures qu'intérieures, par
le S. B., ingénieur du Roy. *Paris, Tavernier,* 1639,
in-fol. parch. *31 pl.*

86 — **Regnault.** La Botanique mise à la portée de tout
le monde ou collection des plantes d'usage dans la
médecine, dans les aliments et dans les arts. *Paris,*
1774, 6 vol., in-fol, v. *Pl. colorées.*

  Bel exemplaire.

87 — **Ritratti** et elogii di Capitani illustri da G. Roscio,
Mascardi...... *Roma,* 1646, in-4, v. *Nombr. por-*
traits.

88 — **Rojas** (Christoval de). Teorica y practica de forti-
ficacion. *Madrid,* 1598, pet. in-fol, parch. *Fig. sur*
bois.

89 — **Savot.** Discours sur les médailles antiques. *Paris,*
1627, pet. in-4, v.

90 — **Saxe** (Maréchal de). Mes rêveries. *Amsterdam,*
1757, 2 vol., in-4, v. *Pl.*

91 — **Schiavina.** Instruttione de Bombardieri. *Venetia,*
1592, pet. in-4, parch. *Fig. sur bois.*

92 — **Schrenckius** à Nozingen. Augustissimorum
Imperatorum, sereniss. Regum, atque Archiducum,
illustriss. Principum, necnon Comitum, Baronum,
Nobilium, aliorumque clarissimorum virorum, qui
aut ipsi cum imperio bellorum Duces fuerunt, aut
in iisdem præfecturis insignioribus laudabiliter
functi sunt, verissimæ imagines...... *Œniponti,*

Agricola, 1601, in-fol, peau de truie, gaufrée à froid, reliure du temps. *Bel exemplaire.*

Ouvrage représentant les armures anciennes de la collection appartenant alors à l'archiduc Ferdinand d'Autriche et réunie dans l'arsenal de la citadelle d'Ambras, aujourd'hui conservées à Vienne. Le volume se compose de 130 ff. et contient 125 portraits en pied des personnages les plus célèbres du xvi⁰ siècle. Ces portraits gravés en cuivre par Dom Custodis d'après les dessins de J.-A. Fontana, sont imprimés au verso d'un texte encadré de belles bordures sur bois.

93 — **Siemienowicz**. Grand art d'artillerie, mis en françois, par P. Noizet Macerien. *Amst.*, 1651, in-fol bas. *Pl.*

94 — **Siemienowicz**. Der Grossen Kunst Artillerie. *Franckfurt*, 1676, 2 tomes en 1 vol. in-fol, v. *Pl.*

Dans le même vol. Recueil d'armoiries des états, villes et principales familles d'Europe. *Francfurt*, 1697, 30 planches de blasons coloriés.

95 — **Solleysel**. Le parfait mareschal qui enseigne à connoitre les chevaux. *Paris*, 1733, in-4, v. *Pl.*

96 — **Stevin** (Symon) de Bruges. La Castrametation. *Rotterdam, Waesberghe*, 1618, in-fol, parch. *Fig. sur bois.*

97 — **Surirey de Saint-Rémy**. Mémoires d'artillerie. *Paris*, 1697, 2 vol. in-4, v. *Pl.*

98 — **Surirey de Saint-Rémy**. Mémoires d'artillerie. *Paris*, 1745, 3 vol. in-4, v. *Pl.*

99 — **Symeon** (Gabriel). Les illustres observations antiques en son dernier voyage d'Italie. *Lyon, J. de Tournes*, 1558, pet. in-4, v. *Fig. sur bois.*

100 — **Tartaglia** (Nic.) Archimedis opera per Nic. Tartaleam in luce posita. *Venetiis*, 1543. — La nova scientia de Nic. Tartaglia. — Inventioni diverse de

Nic. Tartaglia sopra li tiri delle artegliarie. *Venetia,* 1546, in-4, parch. *Fig. sur bois.*

101 — **Tartaglia.** La Balistique ; ouvr. publié en 1537, trad. par Rieffel, 1846, 2 vol. — Traité de la fabrication des bouches à feu au xvie siècle, en Italie, trad. par Rieffel, 1856. Ens. 3 vol. in-8, br.

102 — **Tensini.** La Fortificatione, guardia, difesa et espugnatione delle fortezze. *Venetia,* 1655, in-fol., parch. *Pl.*

103 — **Touzac.** Traité de la défense intérieure et extérieure des redoutes, *Paris,* 1762, in-8, mar. vert, dent., tr. d'or. rel. anc. *Pl.*

> Aux armes de Noailles.

104 — **Turpin.** La France illustre ou le Plutarque français. *Paris,* 1781, 4 vol. in-4, bas. *Portr.*

105 — **Ufano** (Diego). Artillerie, c'est-à-dire vraye instruction de l'artillerie et de toutes ses appartenances. Avec un enseignement de préparer toutes sortes de feux artificiels tant pour resjouir les amis que pour molester les ennemis, trad. par Th. de Bry. *Francfort,* 1614, pet. in-fol., cart. *Pl.*

106 — **Ufano** (Diego). Artillerie, ou vraye instruction de l'artillerie et de ses appartenances. Avec un enseignements de préparer de toutes sortes des feux atificiels. *Rouen,* 1628, in-fol., parch. *Pl.*

107 — **Valturin.** Douze livres touchant la discipline militaire. *Paris,* 1555, pet. in-fol. v. *Fig. sur bois (taché).*

108 — **Vanoccio Biringuccio.** De la Pirotechnia. *Venetia,* 1540, pet. in-4, parch. *Nombr. fig. sur bois.*

109 — **Vanoccio Biringuccio.** La pyrotechnie ou art.
du feu, cont. toutes sortes et diversité de minières...,
des formes et moules pour getter artilleries, clo-
ches..., pots, boulets, fusées et autres feux artificiels.
Paris, 1556, in-4. v. *Fig. sur bois.*

110 — **Vegece.** Du fait de guerre et fleur de cheva-
lerie. Frontin des stratagèmes espèces et subtilitez
de guerre. Aelian de lordre et instruction des batailles. Modeste des vocables du fait de guerre.
Traduits de latin en françois par le polygraphe hum-
ble secrétaire et historien du parc d'honneur. *A Paris,
par Chrestian Wechel*, 1536, pet. in-fol., caract.
gothiques, parch. *Bel exemplaire.*

Ouvrage rare orné de curieuses et belles gravures sur bois.

111 — **Vegetius.** De re militari. Frontinus de re militari. Aelianus de intruendis aciebus. *Parisiis*, 1515,
pet. in-4, parch.

112 — **Ville** (Anth. 'de) Tholosain. Les fortifications,
avec l'attaque et la défense des places. *Lyon*, 1641,
in-fol., parch. *Pl.*

113 — **Vivaldus de Monteregali.** Aureum opus de
veritate contritionis. *Salutiis impressum per Guiller-
mos Le Signerre, fratres Rhotomagenses*, 1503.
pet. in-fol. goth. parch. avec une belle figure sur
bois de la grandeur de la page *(mouillures et piqué
de vers).*

TABLEAUX ET DESSINS

114 — **Courbet** (G.). Paysage, chemin contournant une colline.

115 — **Daubigny** (Attribué à). Paysage, maison sur une colline, rivière au premier plan avec barque et canards.

116 — **Greuze** (Attribué à). Jeune Femme couchée.

117 — **Isabey** (Attribué à). Miniature, portrait de jeune Femme à chevelure blonde, forme ovale.

118 — **Leloir** (Louis). Joseph et Putiphar.

119 — **Pils**. Le Char d'Apollon. Esquisse peinte.

120 — **Pils**. Tête de Cheval, dans un cadre en bois.

121 — **Prudhon** (Attribué à). Réné et Atala.

122 — **Regnault** (Henri). Falaises d'Étretat. Dessin au crayon.

123 — **Regnault** (Henri). Quatre dessins dans le même cadre : Officier debout, tête de Femme de profil, un Troubadour et tête d'Homme.

124 — **Roos de Tivoli**. Chien et Bestiaux près d'un abreuvoir.

125 — **C. T.** (Monogramme). Étude de Loup.

126 — **École italienne**. La Charité romaine.

MEUBLES ET OBJETS D'ART

127 — Ameublement de salon de style Louis XVI en bois sculpté, peint en blanc, garni de tapisserie à médaillons de fleurs, entourés de guirlandes, il est composé d'un petit Canapé et de quatre Fauteuils.

128 — Deux petites Statuettes de femmes drapées, de bout sur des socles à mascarons et draperies, en bronze, de l'époque Louis XVI.

129 — Couteau Louis XIV à manche en bois sculpté, terminé par une tête de femme casquée.

130 — Serrure gothique en fer forgé aux armes de Dunois, bâtard d'Orléans.

131 — Plaque de cheminée en fonte de fer, avec tête de Henri IV de profil et en relief.

132 — Porte gothique en bois sculpté à draperies pliées.

VENTE VOLONTAIRE

PAR SUITE DU MÊME DÉCÈS

135 — Christ en bronze doré, du xviie siècle, dans un cadre en bois doré, orné de deux têtes de chérubins.

134 — Statuette du Christ à la colonne, en bronze doré, du xviiie siècle, sur piédestal en marbres de couleurs, orné de chutes de fleurs et feuillages ainsi que de draperies en bronze doré.

135 — Grand Cabinet à deux corps, en bois incrusté d'ivoire (dit certosine), le haut ouvre à abattant, le bas à deux portes, fronton à rosace.

136 — Grande Glace dans un encadrement Louis XVI, en bois sculpté, peint en blanc et doré à ornements en candélabres et frise de rinceaux.

137 — Glace Régence, avec encadrement en bois doré à dais, orné d'un panache et de draperies.

138 — Groupe en biscuit tendre de Sèvres, de l'époque Louis XVI : Vénus debout tenant une guirlande de fleurs, près d'elle l'amour assis sur un rocher et orné de couronnes.

139 — Pot à eau et sa Cuvette en porcelaine, de l'époque du Ier Empire, décoré de sujets : l'Éducation de l'Amour, Bouquet de fleurs, Colombes et d'ornements dorés.

140-142 — Trois Bassins en faïence hispano-mauresque à reflets métalliques, décorés de feuillages et d'arabesques.

143 — Serrure ancienne en fer forgé.

144 — **Diaz** (Attribué à). Paysage ensoleillé, avec passerelle sur un cours d'eau.